KB178059

돌아본 마음

돌아본 마음

발 행 | 2022년 11월 25일
저 자 | 2022. 경상사대부설중 3학년 학생 일동
펴낸이 | 한건희
펴낸곳 | 주식회사 부크크
출판사등록 | 2014.07.15.(제2014-16호)
주 소 | 서울특별시 금천구 가산디지털1로 119 SK트윈타워 A동 305호
전 화 | 1670-8316
이메일 | info@bookk.co.kr

ISBN | 979-11-410-0329-6

www.bookk.co.kr

돌아본 마음

2022. 경상사대부설중 3학년 학생들 시 모음

표지 그림: 최윤하

차례

머리말 5

*1*반   가장 즐거운 일 6

*2*반   나의 작은 상자 35

*3*반   입으로 숨을 쉰다는 것은 66

*4*반   필요한 사람 92

*5*반   내 마음을 간질이는 것들 123

*6*반   너에게 우주를 보낸다 151

이 책에 담긴 시는 2022학년도 경상사대부설중 3학년 학생들이 1학기 국어 시간에 쓴 시입니다. 학생들의 중학교 시절은 '코로나 3년'으로 요약될 만큼, 전염병과의 지독한 싸움이었습니다. 마스크를 써야 했고, 온라인 수업이 이어졌으며, 친구와도 거리두기를 해야 했던 시기였습니다. 하지만 학생들은 어려움 속에서도 스스로 학교생활의 즐거움을 만들어내고, 친구들과 우정을 쌓았습니다. 3학년 학생들에게 응원의 박수를 보냅니다. 그리고 새로운 출발선에 선 학생들이 앞날을 언제나 응원합니다.

열여섯 살 늦은 봄, 그 찰나의 마음을 때로는 조용히 들춰 보며 마음의 위로를 얻길 바랍니다.

가장 즐거운 일 강민서

몇 년 전 가족들과 놀러 간 강원도
장장 6시간을 달려 지칠 대로 지친 나
터덜터덜 차에서 내린 순간,

코끝에 스치는 짭짤한 바다 향기
토할 것 같던 기분도
어질어질한 멀미도
한 번에 사라지게 한 시원한 바람
춤을 추는 푸른빛 파도와
눈앞에 보이는 커다란 배 모양의 숙소는
내 눈을 반짝반짝 빛나게 하고

엄마가
"같이 가자." 외쳐도
신이 나 춤추며 바다로 달렸다.

하지만 살랑살랑 부는 시원한 바람도
모든 것을 집어삼킬 광활한 바다도
금방이라도 움직일 듯 생생한 배 모양 숙소도

이것보다 신나지는 않았다.

가족과 추억을 만드는 것
가족을 여행을 떠나는 것
가족과 함께 있는 것

그게 가장 즐거운 일이다.

겉멋1)　강현완

문신돼지, 99대장, 겉멋만 부리는 사람

담배, 오토바이, 현재만 사는 사람

자기는 대장이라 하지만

사람들은 미래가 없다고 하는데

자신만 그걸 모르는 그런 사람.

---

1) 학생들 사이에서 화제가 되고 있는 '페이크 브이로그'
　　속 인물에 대해 시를 씀

되고 싶은 것   고효정

유치원 때는
아름다운 성에 사는 공주가 되고 싶었다.

초등학생 때는
노릇노릇 치킨을 튀기는
맛있는 냄새 솔솔 풍기는
치킨집 사장이 되고 싶었다.

중학생 때는
여기저기 굴러다니다
때로는 땅에 박혀 가만히 있는,
걱정도 생각도 없는 돌멩이가 되고 싶었다.

고등학생이 되면
나는 무엇이 되고 싶을까?

형   김강운

다른 사람에게 형은 고릴라
쓸데없이 힘 좋고 울끈불끈
거칠고 사나운 고릴라.

나에겐 그냥 원숭이 한 마리
깐족대고 밉게 나대는 원숭이 한 마리

순수하고 착하기도,
둔하고 맹하기도 한 우리 형

나는 그런 형이 좋다.
사나워 좋고
둔해 좋고
모자라 좋다.

그저 우리 형이라 좋다.

좋은 사람 김윤서

예쁜 사람이 좋다.
보고만 있어도 눈이 힐링된다.

잘생긴 사람이 좋다.
보면 마음을 빼앗기기 때문이다.

재밌는 사람이 좋다.
같이 있으면 웃음이 끊이지 않는다.

예의 바른 사람이 좋다.
다른 사람을 배려하기 때문이다.

키 큰 사람이 좋다.
올려다보며 설렐 수 있으니.
키 작은 사람이 좋다.
내려다보면 귀엽기 때문에.

머리 긴 사람이 좋다.

이 중에 당신에 대한 이야기도 있기를.

끝없는 물음표 김주현

국어는 누가 만들었을까?
수학은 누가 만들었을까?
사회는 누가 만들었을까?
과학은 누가 만들었을까?
영어는 누가 만들었을까?
역사는 누가 만들었을까?

이쯤 되면
공부는 먹는 게 아닐까?
라고 생각하며
매일 시험 공부 계획만 세우는 나,

나는 뭘까?

어떤 숲 김현진

기쁨은 진한 향의 은행나무
우울은 스산한 겨울의 자작나무
그리움은 한결같은 소나무
화는 아름다워질 조팝나무

이 마음에 나무가 너무 많다.
숲을 보고 싶다.

내 숲은 어떤 모습이 될까?

하루의 반복 문혜빈

조금 더 자려 하니
엄마의 알람 소리
그만 좀 걷고 싶은 등굣길

45분을 견디면 오는 선물
쉬는 시간 10분
이 시간이 멈췄으면.

제일 행복한 말
"얘들아, 집에 가자."

침대에 눕자마자 감기는 눈꺼풀
…….

이 소리 많이 듣던 소린데?

아, 또 반복된 하루.

반짝반짝 일요일 박소민

친구를 만나 버스를 탔다.
버스 안에서 또 다른 친구를 만났다.
웃겼다.

인생네컷을 찍으러 갔다.
시간에 쫓겨 나만 포즈를 못했다.
별로였다.

가게에 들러 친구와 반지를 맞췄다.
생일 선물도 사줬다.
좋아하는 친구 모습에
뿌듯했다.

기다리던 공포 영화도 봤다.
아는 배우가 많이 나왔다.
근데 영화는
너무 무서웠다.

집에 가는 길
괜히 사람도 무서워 피해 걸었다.

어느 날의 나의 일요일

꿈으로 가는 길 박채린

같은 길을 몇 바퀴씩 돌고 있다.
배터리가 30% 남은 휴대전화로 지도를 켜도
주변을 두리번 둘러봐도
내가 찾는 그곳은 보이질 않는다.

태양은 높게 뜨고, 매미는 울어대고
힘들어 짜증이 몰려와도
목적지를 향한 기대가
모든 걸 잊을 만큼 날 설레게 한다.
포기하고 싶다는 생각은 들지 않는다.

목적지에 도착했다는 휴대전화의 알림 소리
고개를 들어 주변을 다시 둘러보니
내가 그토록 찾아 헤매던
목적지가 드디어 보인다.

도착하면 바닥난 배터리도 충전하고
뜨거워진 내 몸도 식혀야지.
이 긴 횡단보도만 건너면
내가 바라던 그곳에 도착할 것이다.

이럴 줄 알았으면 배성빈

시험을 망쳤다.
이럴 줄 알았으면 어제 저녁
게임의 유혹에 넘어가지 말걸.

시험지를 받자마자
머릿속이 새하얀 도화지가 되었다.
이럴 줄 알았으면 아침에
영어 단어 하나라도 외울걸.

시간이 없어서
아는 답도 밀려 썼다.

이럴 줄 알았으면 엄마한테
자신 있게 시험 잘 칠 것 같다고 말하지 말걸

엄마 얼굴을 어떻게 보나.

바다 여행 안예진

몇 년 만에 다시 찾은 삼천포 바다

샌들 신고 모래사장을 걸으니
사악 사악
소리와 함께 모래가 신발 안으로 들어온다.
불편함이 함께 몰려온다.

그냥 신발 벗고 바닷물에 첨벙
차가움이 발끝에 전해지고
바닷속 해초들이
내 발가락을 간질인다.

두 팔을 쫙 벌리며
맞는 시원한 바다의 바람
브이 외치며 찍은 사진
기분이 좋아졌다.

오늘 하루는 내 머릿속
추억이란 저장소에 남겨질 것이다.

시험   여지명

곧 있으면 시험이다.
지루하고
재미없고
힘들고
어렵고
나를 괴롭히는 시험.

다시는 치고 싶지 않은 시험

나이테 유민재

처음에서 멀어져 간다.
시간이 흐를수록 점점 멀어져 간다.
원래 내 모습에서 멀어져 간다.

나도 모르게 달라진 모습
누군지도 모르게 달라진 나.

괜찮다. 나는 괜찮다.
처음에서 멀어져도
나는 나니까.

푸른 하늘 윤미주

푸른 하늘 한번 쳐다보니
내 표정 밝아지고

푸른 하늘 두 번 쳐다보니
내 가슴 두근거리고

푸른 하늘 세 번 쳐다보니
내 손발 가벼워지고

푸른 하늘 네 번 쳐다보니
내 마음 푸른 색 되었다.

빛, 다음 이다희

중학교에 입학한 지 1,157일
중학교 3학년

고등학생이 된다. 몇 달 뒤면
대학생이 된다. 몇 년 뒤면

굳건하고 여린, 풋풋하고 당찬
우리는 중학교 3학년

봄비처럼 반가운
끝눈처럼 아쉬운
우리의 하루하루는
가장 밝게 빛나고 있다.

빛나는 우리의 빛나는 하루는
슬픔, 아픔, 서운함, 속상함의 조각모음

누구나 빛나듯 누구나 아프다.

빛과 어둠을 껴안으며 우리는 다음을 준비 중이다.

공부 이상재

공부는 왜 할까?
미적분을 배워 어디에 쓸까?
작가의 의도를 알아서 뭐할까?
영문법을 배워서 뭐할까?
외국에서는 안 쓴다는데.

시험을 위해서?

시험 치면, 다시는 쓸까?

공부를 위해 시험을 치나?
시험을 위해 공부를 하나?

……. 하기 싫다.

인생 2회차 이은영

삶에 대해 고찰하기 시작했는가
인간관계에 대해 고찰했는가
죽음에 대해서 죽음을 고찰해 본 적 있는가
감정을 탐구해 본 적 있는가
어떤 이의 죽음을 겪은 적 있는가

그거면 시작이다

운명, 행성 이은영

이 궤도를 벗어나려 해도
벗어날 수 없는 것은.

너의 마음이 아파서일까
너의 힘이 부족해서 일까

언해피 토네이도   이은호

게임이 풀리지 않을 때
날려 버려라.

좋아하는 축구팀의 경기가 풀리지 않을 때
날려 버려라.

성적이 개같이 멸망했을 때
날려 버려라.

스트레스를 받고 있을 때
날려 버려라.

언해피한 일들이 있을 때
모두 크게 날려 버리자.

모두의 상처 이현준

모두에겐 상처가 있다.
그 종류는 다르지만,
모든 사람은 상처가 있다.

상처가 없다고 생각하는 사람도
마음을 곰곰이 들여다보면
상처가 있을 것이다.

모두에게 상처가 있다.
물건에도 식물에도
상처가 있다.

상처가 있던 자리는
흉터가 남는다.

어쩌면 흉터는
노력의 흔적이 아닐까?

조언일지라도　　임나현

엄마에게 고민을 말하면
내가 얻는 것은 잔소리
엄마는 조언일지라도.

친구에게 걱정을 말하면
내가 얻는 것은 대수롭지 않다는 듯 던지는 말
친구들은 조언일지라도.

그런 조언은 필요 없는데

나는 위로가 필요한 건데

바람 부는 날 임동언

바람 부는 날에
함께 산책을 하면
기분도 좋아지고 힘도 세지네.

바람 불고 맑은 날
산책을 하면
스트레스가 풀리고 기분이 날아가네.

바람 불고 날씨 좋은 날
누군가와 함께
산책을 하자.

너, 좋은 사람 장유진

너는 좋은 사람이다.
나를 웃게 하는
너는 참 좋은 사람이다.

너는 좋은 사람이다.
때론 엉뚱하고 이상하지만
항상 다른 사람을 먼저 생각해주는
너는 참 좋은 사람이다.

너는 좋은 사람이다.
좋은 점이 너무 많아
일일이 말할 수 없을 만큼 내겐 좋은 사람이다.

내가 너를 표현하기 위해
좋다는 말을 뛰어넘는
더 나은 말을 찾아 헤맬 만큼
넌, 참 좋은 사람이다.

네가 나의 좋은 사람이라
내가 너의 좋은 점을 볼 수 있어서
나는 네가 참 좋다.

조퇴한 날　전고운

배가 쿡쿡 머리가 띵
조퇴를 했다.

버스에서 내려 집으로 가는 길

평소 걷던 길이
보던 풍경이
다르게 보인다.
특별해진다.

집으로 가는 길
치유의 길

집에 다다르면
어느새 다 나았다.

시험 　정세현

시험 전날 내가 하는 말,
올백 각

시험 중 내가 하는 말,
90점 각

시험 후 내가 하는 말,
뒤질 각

다음엔 잘 할 수 있겠지.

해바라기 씨 　정수한

사람들은 해바라기를 좋아한다.
하지만 나는 꽃 안에 든 씨가 좋다.
사람들은 해바라기 가운데 씨가 가득한 걸 알까?
알지만 눈여겨 보지는 않았을 것이다.

나는 꽃보다 속에 든 씨가 좋다.
오독오독 해바라기 씨는 맛있다.

겉이 아닌
속에 든 것을 알아주기를.

테스트 　주종훈

테스트란 뭘까?

테스트에 대해 제대로
알지는 못하지만

합격을 받기 위해
오늘도 난 준비를 한다.

떨리지만
절대 떨리지 않는 척하면서.

테스트를 보는 지금.

누군가의 눈에 들기 위해
몸부림치는 나.

우물에 빠진 개구리의 발버둥처럼
나는 간절하다.

내가 원하는 결과를 얻을 수 있을까?

시험   최서경

시험이 다가온다.
"이번엔 잘 해야지." 굳은 다짐

그러나 말과는 달리
아무것도 하지 않는 나.

시험이 끝났다.
시험지가 운다.
"다음엔 잘 해야지." 또다시 다짐

쉬운 말과는 달리
아무것도 하고 있지 않다.

언제쯤 시험지가 나를 보며 웃을까?

나의 작은 상자   김민서

아무도 모른다.
나의 진짜. 모습은 아무도 모른다.
가족도, 친구도, 제 3자, 아무도

마음속 작은 상자에 넘칠 듯이 담아놓고
비밀번호, 자물쇠까지 걸었다.

이제 괜찮을 거야.
꺼내지 않으면 누구도 몰라.
나만 잊으면 될 거야.

하지만 나도 몰랐어.
상자는 생각보다 작다는 걸.

언제까지고 상자는
내 이야기를 담고 있지 못한다는 걸.

볼 게 없다 강서윤

재미있는 건 많은데
막상 보려면
볼 게 없다
보려 했던 것도 막상 보려니
보기 싫다
새로 나온 거 볼까?
유튜브에 추천 영상을 볼까?
전에 봤던 걸 정주행 할까?
항상 보려 할 때마다 볼 게 없다.

한 여름 밤의 노래   강지선

오늘도 어김없이 들려오는
개구리 합창단의 아름다운 소리

모습은 보이지 않지만
열심히 노래한다.

누구에게 들려주려고
저리 노래할까.

나도 가만히
나의 노래를
작곡한다.

이유 여섯 가지　강지수

낙타처럼 긴 속눈썹
태백산맥처럼 오똑한 콧대
앙칼진 눈매
헤어 나올 수 없는 쌍꺼풀
4B연필로 그린 듯한 이목구비
꽃 같은 성격
내가 좋은 이유

삶을 사는 삶 000

어떻게든 잘 살아보려 하지만
나를 짓누른다. 귀찮음이
되는 일도 없는 나
이런 게 인생일까?

되는 일만 있으면 무슨 재미로 살까
자기합리화를 한다.
스스로 이뤄내야 한다는 압박감과 죄책감이
무겁게만 느껴지지만

이런 생각과 행동들이
나를 성장시키리라 믿는다.

명상   <small>김민국</small>

지쳤던 하루
복잡해진 머리
고된 몸
지친 마음

이 모든 걸 하나로 풀어주는 답
긴 시간이 아니더라도
잠시 눈을 감고
마음을 비우면 행복해져요.

잠시 힘들고 비참한 현실을 떠나
평화로운 곳으로

해 김서영

낮을 밝혀주던
해가 세상에서 가장 큰
탈의실 뒤로 숨어간다
무엇이 그리 급한지
재빠르게 숨는다

왜 저렇게 뛰어가는 걸까?
해가 입고 있던 외투를 벗고
밤을 밝힌다

사계 김솔민

때 이른 꽃 피는 봄
몇 송이 꽃 꺾어다
'똑, 똑' '띵동, 띵동'
너의 집 앞에 두었어

한여름 밤 별 띄운 여름
별 하나 따다가
'똑, 똑' '똑, 똑, 똑'
너의 방문 앞에 두었어

겹겹이 쌓인 빼곡한 가을
여러 장 접어다
'바스락, 바스락' '달그락'
너의 우체통에 두었어

눈 내린 새하얀 겨울
한숨 잡아다
'속닥, 속닥'
너와 나의 말을 담았어

모를 때 문재윤

이름 모를 때
더 아름다워 보이는 게 있다

이름 모를 들꽃처럼
이름 모를 나무처럼

그것들은 이름 모르기에
더 눈여겨 보게 되고
온전한 그 모습만으로
마주하게 된다

우리도 마찬가지다
아무도 날 모르고
내 이름 모르는 곳에 섰을 때
비로소 진짜 나를 마주할 때가 있다.

내 마음의 색깔 박민서

빨간색은
내 두 볼

주황색은
네 뒤를 따라 걷고 있는 보도 블럭

노란색은
내가 들고 있는 편지

초록색은
너에게 건네줄 선물상자

파란색은
우리 사이로 살랑거리는 바람

보라색은
길을 따라 핀 수국

너를 향한 내 마음은
어떤 색으로 정의할 수 없는
그저 예쁜 무지개색

어떤 의미   000

너는 알까
나의 마음은 너의 마음과 비례하지 않아
네 옆에 서면 자꾸만 커지던 나의 마음을

너는 알까
네가 나에게 한마디 건넬 때면
그 말은 내게로 와
수천 개의 조각이 되었다는 것을

너는 알까
나에게 너는
어떤 의미였는지

너는 평생 모를
그 '어떤' 의미

재 박주환

불 속에는 참 많은 것들이 있다.
추억과, 사랑과, 복잡한 심상이라든가

생각할수록 끊임없고 보이지 않을 정도로
피어오른다.
'나'라는 장작을 태워 가며.

한 땐 누군갈 위해 열심히 살아야겠다며
근거 없는 열의에 타올랐던 적이 있었다.

다른 이를 별로 올려
내 소중한 순간은 저 하늘에 태우고 가면서.

그렇게 난 회빛의 가루로만 남게 된다.

태양에 비추면 진주가 되지만
어둠에 기울일 때면 검은 먼지 같은.

도움은 곧 구름이고 별이다.
누군가를 단장시켜주며 광이 진하게 나도록 해주니.

그래서 나도 기분은 좋다. 하지만
영원할 줄 알았던 이 긴 이야기도
나만 타올라 봤자다.
결국엔 장작은 넣어줄 이가 필요하다.

소중함은 재가 되어 남아주고
상처는 연기가 되어 저위로 떠오른다.

하늘로 향해, 이내 추억으로 꾸며주기도 하고
바람에 날려 누군가와 아픔을 나눌 수 있게도
해준다.

금세 잊히더라도
잠시나마 여행이 될 수 있게.

난 재가 좋다.

무제 박주환

고개를 들면 반기는 게 늘 하늘이라
가끔은 지겨워 새로운 것이 보고 싶을 때도 있다.

저 반짝이는 별은 보고 싶은 것

저 눈에 띄지 않는 별은 궁금한 것

그리고 괜히 크기만 한 별은 거슬리는 것

손으로 가리고 밀치고
혹여 돌이라도 던질까 했었지만
그대로 가는 저 별은,

그만 나는 저 별이 보기 싫어서
가만히 흐르는 계절에 몸을 뉘었던 게 아닌지

영악한 생각일지도 모르는
하늘을 또 대입하고 스스로 오해를 갖는다.

보일 때 잘하라던 사람들의 말이 떠오른다.
겪어본 건지 아닌지 나도 잘 모르겠지만

빌려서 전해줄 만한 가치가 있는 말인걸
새삼 느끼기에 그친다.

지키기에는 늦지 않았지만
보여주기엔 너무 늦은 순간인 탓에

나는 또 기다리던 예쁜 하늘을 보고도
다시 몸을 누인다.

만날진 모르겠지만 전해야 하는 게 있으니

난 다시 밤을 맞이한다.

없었다 박정윤

잔잔한 파도가 치던 바다
바람이 적당히 불던 날

친구가 말했다
니 여친 있냐
내가 말했다
입 다물어라, 지도 없으면서

친구가 말했다, 다시
넌 있었잖아

그 말 이후로 우린 말을
하지 않았다

파도가 치고, 바람은 불고
여친은 없고

시험 기간 속의 주말   양승관

하루 24시간 중
6시간을 자고
밥을 1시간 먹고
2시간을 놀고 또 2시간을 놀고도 2시간 놀아도
약 10시간이라는 시간이 남네

근데 왜 난 항상 공부할 시간이 없다고 하고
시험을 망쳐 좌절에 빠지지...?
이론상 완벽한 시간 분배에 현타가 온다.

주말   우지원

여유로운 주말 아침
정신없이 눈을 뜨고

아침을 맞이한다

분주한 주방의 달그락거리는 소리
집 나서는 아버지와의 인사

오늘도
여유로운 주말 아침

고민   000

머리카락 자를까? 말까?
여자라면 꼭 해본 고민

앞머리 내릴까? 말까?
나는 또 고민한다.

이렇게나 고민되게 하는 머리카락
확 밀어버리고 싶다.

나는 수천, 수만 번 고민하고
또 고민한다.

상어 자동차   이태길

상어 얼굴을 가진 로봇 자동차. 두 달 전부터 상어 로봇 자동차를 만든 후에 한 달 전에 완성되었으며 자동차 비클 모드와 인간형 로봇으로 변신하고 로봇에 사람을 탈 수 없고 AI 인공지능 로봇 기술로 만들어 강력한 로봇이다. 상어 자동차 이름을 (죠스캅)이라고 지었다. 죠스캅은 작년에 우주 경찰 임명식을 받아 죠스캅은 훈련을 받고 연습한 대로 죠스캅은 시험도 잘 보고 경기에서 죠스캅은 은메달을 받았다. 죠스캅은 범인들을 검거하거나 조사나 수사 또는 범인을 우주 감옥에 넣어 버리고 범인이 감옥에서 탈출하면 경보음이 울려 죠스캅은 또 다시 범인을 검거해 탈출할 수 없는 강력한 우주 감옥에 넣어버린다.

구겨진 것 이현서

시험지를 봤다.
하얘진 내 머리처럼
하얀 시험지를 봤다.

시험지를 구겼다.
울그락 불그락 구겨진 내 얼굴처럼
울그락 불그락 시험지를 구겼다.

동시에 엄마의 얼굴도
울그락 불그락 구겨졌다.

뒤틀린 추억   이현준

바야흐로 3년 전 맑은 날
버스 타고 서울 가던 날
절대 잊지 못하리
그 때의 설렘 절대 잊지 못하네

시골 촌놈 서울가니 출세했네
수학여행 난생 처음으로 수학여행
이게 학교에서 가는 마지막 여행인 줄
꿈에도 몰랐네

옛 추억을 가지고만 있네

초록색 그 남자 임유화

그를 잊어보기 위해 노력해보았지만
바람처럼 다시 돌아오는 그.
바닥에 붙어있던 끈질긴 껌처럼
내 머릿속에서 떨어지지 않는 그

똑똑-
아빠가 나에게 다가와 말해주길
그가 왔다고, 그가 너를 위해 왔다고

초록색 옷을 입은 그였다.
내 얼굴을 홍당무처럼 만들었었다.
그가 말하였다.

"안녕, 난 이번 주 너의 용돈이야."

시험이 끝나고   임정민

시험이 끝났다
찝찝한 마음 치워두고
집으로 향했다
일단 한숨 자야지.

콜콜 잔다
좋은 잠
커억, 이젠 찝찝한 곳으로....

상처의 시험 정세린

계속 다가오는 시험 기간
점점 다가올수록 짜증 수치는 올라간다

이 시험아, 빨리 끝나길 빌고 빈다
이 지긋지긋한 시험

이젠 끝내고픈 시험 기간
후, 이젠 떨리지도 않는다.

열심히 했던 노력에 비해
안 나오는 시험 성적

내 마음은 상처로 뒤덮인다.

이래서 난 네가 싫다.

이 상처의 시험

그 때   조민기

유치원 하원 전에 7시에 만나기로 잡았던 약속
유치원 하원 후에는 손을 씻을 때도
밥을 먹을 때도 숙제를 할 때도
계속해서 생각나던 친구와의 약속

7시가 되자마자 쌩-하고 달려 나갔다
아직까지도 그때가 잊혀지지 않는다
그때 만졌던 부드러운 촉감의 모래
그때 만졌던 딱딱한 촉감의 오래된 장난감
어렸던 나와 내 친구를 비추던 환한 달빛

나는 아직까지도 가끔씩 그때가 떠오르곤 한다.

주말 아침　　조승연

오늘따라 일찍 잠 깬 주말 아침

슬쩍 열린 창문 틈으로
시원한 바람이 솔솔 불어온다
기분이 너무 좋다

시원하고 상쾌한 주말 아침
선선한 공기에 마음이 맑아진다

밖에는 옹기종기 모여 앉아
수다 떠는 동네 사람들의 모습

그리고 내 옆에는 복슬복슬 나의 강아지
잠 깬 나를 보고
머리를 만져 달라 다가온다

강아지가 있던 자리에 그대로 남아있는 온기
왠지 더 귀여워서 폭 안아주고 싶다

가만히 누워있어도 행복한 아침.

그림 주경민

우리는 물감이다
너는 초록 너는 보라 너는 파랑
우리는 종이에 색을 칠하고 있다
완성된 그림이 이상하더라고
그림을 본 사람은 생각할 것이다
이상하게 예쁜 그림이구나
그것이 우리가 그리는 그림이다
이상하게 예쁜 그림

자연스러운 썸에서 연애 000

누가 나에게 잘 해준다.
의심을 시작한 나

누가 나를 좋아한다.
관심이 생긴 나

이런저런 설레는 일이 벌어진다.
고백 받은 나

ing인 나

컴퓨험[2] 하상욱

시험이 3일 남은 상황
공부해야 하는데
컴퓨터 전원이
내 손가락을 당기네
이러면 안되는데
공부해야 하는데

시험치러 갔는데
머리가 텅텅
결국 나는 몇 문제 풀지 못하고

혼나는 소리에
공부나 할걸
생각했네

---

2) 컴퓨험: 컴퓨터와 시험의 합성어

역겨운 여름   하준희

여름
언제 오나 했는데
드디어 온 여름

5월에 온 여름.
빨리도 왔다

사계절 중 가장 싫다.

덥고 찝찝하고
벌레도 많은 여름

그래도 여름이 있는
이유는

여름만의 무언가가
있나보다.

입으로 숨을 쉰다는 것은   김수로

가까워질수록 익숙해진다
사람들은 정말 소중한 것은
눈에 보이지 않는다고 하지만
눈에 보이지 않기에 정말 소중한지도 모른다

마주한 새벽의 신비함은
가끔씩 찾아온 새 울음소리의 반가움이 되었고
고 뒤에 여백을 남기면
곧 만나게 될 당신의 표정을 환대하며
이 시를 쓸지도 모른다.

내 살 강서영

너희는 좀 싸워야 해
너희 너무 붙어있어.
제발 좀 떨어져.

내 두 허벅지

나오지 말라고 했잖아
왜 계속 나오니

내 뱃살

더운 여름 권가빈

이제 곧 여름이 시작된다.
아직 시작도 안 한 것 같은데
벌써 더워진다.

나는 더운 여름이 싫다.
조금만 움직여도
땀이 주룩주룩

땀이 나기 시작하면
볼에 홍조가 떡하니
생겨난다.

여름에 장마철이 시작되면
비가 추적 추적하는
소리가 좋지만

습도가 높아진 탓에
찐득찐득하고
찝찝해서 기분이 안 좋아진다.

여름에는 징그러운
벌레도 많아진다.
위잉 위잉 생각만 해도 짜증이 난다.

이런 많은 이유때문에 여름이 너무너무 싫다.

이제는   김규린

내가 항상 얼음 땡하고 놀던 성당 마당
내가 항상 뛰어놀던 놀이터
내가 항상 만들고, 오리던, 책상
내가 항상 머리 땋고 놀던 인형

하지만 이제는
구경할 수 없는 성당 마당,
갈 시간도 없는 놀이터,
문제집과 교과서뿐인 책상,
다 버린 인형

가끔 가끔 옛날 순수한 게
그립네

정   김민서

오늘은 교생선생님이 가시는 날이다.
슬프지 않을 줄 알았는데…….

교생선생님이 우리 반에
들어오시자마자 눈물이 비처럼 쏟아져 내렸다.
눈물이 안 날 줄 알았는데…….

생각보다 교생선생님과 훨씬
정이 많이 들었나보다

학교에서 가장 슬픈 날 김선우

모든 수업이 끝나고
교생쌤에게 달려갔다.

선생님의 얼굴을 보니
참고 있던 눈물이
터져 나올 뻔 했다

마지막으로
사진을 찍고
진짜 떠나보냈다

매일 반복되는 일상 김성곤

시간이 지나간다
사람은 시간이 지나가는 걸 안다

나의 일상은
계속 계속 반복된다
매일매일 똑같이 반복된다
아침에 일어나서 아침 먹고
점심, 저녁을 먹는다
밤이 되면 자기 시작한다

이렇게 매일 반복되는 일상이지만
나는 지금 이런 일상이 좋다.

반복이 되든, 안되든

나의 첫사랑 이야기 김은채

내 옆에는
반짝 반짝 빛나는
좋은 삶이 있다

볼 때마다
내 심장에 비수가
날아와 꽂힌다

백만번의 심장마비
심장이 거인족의 거인만큼 커져

천둥 번개처럼
커다란 소리를 낸다

그래도 난
죽지 않았다

내 눈 앞에는
반짝반짝 빛나는
좋은 사람이 있다
첫 사랑 이었다.

운수 망한 날   김지예

어느 한 화요일
아침부터 썩 좋지 못한 기분이었다
자리를 바꾼 것도 위치가 안 좋았다
이 기분을 품고 체육을 하러 나가서 그런지

액땜이었나보다
줄넘기를 넘고 발을 땅에 닿는 순간,
발이 꺾여 버렸다.

병원을 가보니 전치 6주, 골절
마음이 쾡하고 아무것도 들리지 않았다
한 번뿐인 16살, 오래 기억 남을 것 같다

졸업 사진 찍던 날　　문정현

졸업 사진을 찍고 재미있었다.
내년에 나는 어디에 있을까?

마라탕　　박정원

탕 탕 탕 맛있는 마라탕

꼭 꼭 꼭 넣자 청경채

꼭 꼭 꼭 넣자 분모자

꼭 꼭 꼭 넣자 숙주나물

꼭 꼭 꼭 넣자 건두부

꼭 꼭 꼭 넣자 목이버섯

아 맛있다 !

시험 박준영

시험을 봤다
잘 볼 것 같았다
망쳤다
공부 안 한 문제가 나왔다
열심히 했는데
망쳤다
다 맞을거란 희망
다 틀려버린 절망

망쳤다.

한, 나비 손정아

한 나비가 꽃에 앉으며 말했습니다.
왜 나는 색깔이 없지?
주변을 둘러보니 다른 친구들은
저마다 자기만의 색깔을 갖고 있었습니다.

나는 언제쯤 나의 색을 찾을 수 있을까?
왜 나만 없을까?
어느새 나비는 점점 어두워져 가고 있었습니다.

그때 예쁜 나비 한 마리가 나타나 말했습니다.
조급해하지 마, 조금 더딘 것뿐이야.
시간이 너의 색을 찾고 있을 테니…….

그제서야 그 나비 안도의 한숨 내쉬며
다시
하늘로

하굣길 안정언

고무 딱지 하나 사는 게 낙이던
하굣길

학원 가기 전 친구들과 떠들던
하굣길

유난히도, 따스하고 즐겁던
하굣길

아프다가도, 싹 나았던
하굣길

20분이 2분 같다고 느꼈던
하굣길

그랬던, 그 시절
초등학교 하굣길
중학교 하굣길
왠지, 학교는 싫었지만
하굣길은 정말 좋았습니다.
언젠가 이 하굣길도 그리워지는 날이 오겠지요.

각자의 보폭 옥유경

빠른 토끼를 상대로
끝까지 달려 이긴 한 거북이의 이야기처럼
남들과 걸음을 나란히 하기 위해
억지로 큰 보폭으로 걸을 필요는 없지.
각자의 보폭으로 꾸준히 나아가다 보면
언젠가는 남들과 나란히
아니 그보다 더 앞에 있을지도 모른다.

집에 가고 싶다 옥지안

학교에 가자마자하는 첫 마디
"아, 집에 가고 싶다"
점심을 다 먹고 하는 한 마디
"아, 집에 가고 싶다"
집 가는 버스에서 하는 말
"아, 집에 가고 싶다"
집에 도착해서 쉬다가
습관적으로 하는 말
"아, 집에 가고 싶다"

하지만 친구랑 만나 놀 땐
집에 가고 싶다는 말을 하지 않는다
집에서도 하는 말을 이때 안 하는 거 보면
여기가 너희들 곁이 내 진짜 집인가 보다
"아, 집에 가고 싶다"

시   유선우

시를 써야 하는데 무얼 써야 할지 모르겠다.
손에 닿은 거 같으면서도
닿지 않는다.

시라는 건 쓰기가 매우 어렵다.
이미 내 머리는 말린 나뭇잎같이
메말라 있다.

하지만 해야 한다.
선생님이 시키니까.

친구의 다툼 이석희

처음엔 장난이었다.
나도 같이 웃었다.

점점 심해졌다.
이젠 나도 모르겠다.

결국은 싸웠다.
괜찮다 내 일 아니다.

아니 내 일이다.
처음부터 말렸어야 했다.
친구니깐.

표류 이유리

제 3자의 시선 속 바다는
참으로 광활하더군요.
희미한 물안개와 부딪치는 물소리는
바다의 끝을 감히 가늠조차 못하게 합니다.
매 순간 달라지는 파도는
언제까지 부서질까요?

끝없는 끝은 두렵습니다.
새카만 파도 사이 존재의 가라앉음도
그의 귓속에 울리는 질식의 소리도

그렇지만 저는 더욱 갈망하게 되어서
조금만 더 마주하기를
그렇게 표면 위에서 표류하기를.

쌈박질   장승호

친구와 싸웠다.
작은 말싸움으로 생겨난 씨앗이
쓰러지지 않는 나무가 되었다.

축구 못하는 것……….
그까짓게 뭐라고 몸싸움이 됐을까?
결국엔 저항도 못하고
맞고 넘어지고 밟혔는데.

중간에 선생님과 친구들이 말려서
끝났지만
크게 다치진 않았지만

분했다.

아무것도 못하고 당한 것이.

콩 　장형진

누가 그러더라. 콩은 까야 제 맛이라고.
그래, 나도 한 번 까봐야지.
콩 콩 콩 콩 콩
아. 이 맛이구나.
이제야 저들의 마음이 이해가 간다.
오늘도 나는 콩을 깐다.

요즘 나는 　박효준

한 달 뒤에 졸업이다.
졸업하기 싫다.

마스크 벗은 모습만 봐도
즐거운 우리,

졸업하기 싫다.

졸업 앨범 찍는 날　정우민

마스크 벗은 친구의 얼굴, 재밌다.
매우 신난다.
기다리는 게 짜증 난다.
졸업은 슬프다.
사진이 잘 나오면 기쁘다.
추억은 행복하게 기억된다.

감격탕 　조민정

음식점에서 혼자 음식을 사 먹어본 적도
없는 내가
처음 친구 따라 간 식당.
라○쿵푸

처음 먹은 그 마라탕을 잊지 마라.

처음 음식을 입에 넣은 아기처럼
신기한 맛의 마라탕
얼얼하고
매콤했던
처음 그 맛을
잊지
마라탕

시험 기간 　최은희

두려운 시험 기간
학교를 마치고
학원을 마치고
집에 돌아와
또다시 책상 앞에 앉는다.
졸림을 꾹 참고
공부를 한다.

이 노력이 결과로 돌아올 수 있기를.

하늘은 맑건만 하지유

하늘은 맑건만 오늘도 공부를 하네.
밖에선 새가 노래하고 나무와 바람이 춤추는데도
공부를 하네.

해가 쨍쨍한 낮이면 나가 놀고 싶고
캄캄한 밤이면 자고 싶다.

시험 기간에 하는 공부는 너무 힘들지만,
그래도 연필을 든 이유는 딱 둘.

성적 확인할 때의 뿌듯함과 그에 대한 보상

이 둘을 생각하며
오늘도 참고 공부를 한다.

그런가보다 허수빈

삼월의 새싹보다 오월의 푸르름이 아름답다.
뚱한 얼굴보다 웃는 얼굴이 아름답다.
숯불 탄내보다 아침 향기가 아름답다.
새 소리보다 맥박 소리가 아름답다.
컴퓨터 게임보다 아재 개그가 아름답다.
혼잣말보다 함께 나누는 대화가 아름답다.

그런가보다, 등굣길엔.

내 친구 민서 홍진아

민서는 마치 풍선 같다.
모든 일을 부풀려서 말한다.

민서는 눈물이 아주 많다.
시도 때도 없이 눈물을 흘린다.

민서는 아주 희희낙락이다.
당연하다. 민서는 엔프피이다.

민서는 "민서 누나"라고 부르는 걸 싫어한다.
얼굴이 홍당무처럼 빨개진다.

그래서
민서 덕분에 항상 즐겁다.

필요한 사람 홍채은

힘들고 지친 날
이야기 나누고 싶은 사람

누군가가 간절할 때
대화를 나누고 싶은 사람

나의 행복에
같이 웃어줄 사람

나에게
가장 가까운 옆자리
그 사람

나 애(愛) 9월   한승화

너를 본 순간 나는 결심했다
너 하나는 내 목숨을 걸고 지키겠다고

아이야 세상에서 가장 아름다운 깃을 가진 아이야
혼자 무서운 곳에 두게 해서 미안해

이젠 따뜻한 미소만 띠게 해줄게
그 미소 잃지 않게 할게.

그냥, 그냥.
지금처럼 내 어깨 위에서 너의 목소리를 들려줘
나에게 와줘서 고마워
사랑해 미카

너에게 난   최수언

언제 처음 만났는지 모를 정도로
오래된 우리

언제부터였을까?
우리가 친해진 게.

과거의 나, 사람 보는 눈이 좋았네
과거의 나, 운이 참 좋았네
금쪽같은 너를 만났으니

너도 나를 그렇게 생각할까?

오늘 물어보려 해.

누군가를 위해 천성호

누군가를 위해
아픔이란 병을 주지 마라.

누군가에게는 그 병이 상처가 된다.

누군가를 위해
행복이란 꽃을 주어라.

누군가에게는 그 꽃이 웃음이 된다.

꿈을 꿈 　조아라

나는 꿈이라는 단어가 참 좋다
꿈이라고 하면 어떤 꿈을
말하는지 헷갈린다.
꿈 같기도 하고, 꿈 같기도 하다.

꿈, 꿈
dream, dream

어떤 꿈은 눈만 감으면
꿀 수 있는데
어떤 꿈은 잔상만 남는다.

그래도 꿈을 꾼다

매일매일 꿈을 꿈

다시 한번 　정현지

다시 하면 된다
실패해도 다시 하면 된다

참새도 짹짹 너를 응원하고
개구리도 개굴개굴 너를 응원하고
모두가 너를 응원하는데
왜 너만 널 응원하지 않는가

그러니 다시 시도해보자
너는 너로서 충분하니까.

6도의 멸종[3]   정지원

일회용 컵을 사용했다.
1도가 올라갔다.

수도꼭지를 잠그지 않았다.
다시 1도가 올라갔다.

에어컨의 온도를 낮추었다.
또 1도가 올라갔다.

불을 끄지 않고 외출했다.
이번에도 1도가 올라갔다.

대중교통 대신 자가용을 이용했다.
어김없이 1도가 올라갔다.

사람들은 끝까지 멈추지 않았다.
마지막 1도가 올라갔다.
암흑이 찾아왔다.
그리고 거기엔 아무도 없었다.

---

3) <최종 경고: 6도의 멸종(마크 라이너스)>을 읽고 쓴 시

한 마디   정유현

나에게 힘이 되어준 너
내가 우울하고 힘들 때
가장 위로가 돼준 너의 말

내 인생에서 그 말은
가장 소중하고 좋았던 한마디야
설령 그 한마디가 반쯤은 장난이었다 해도
네가 그 말을 하지 않았다면
지금의 나는 여기 없었을 거야
항상 고맙고, 앞으로도 쭉 고마워할 거야

그리고 이거 한 가지만 알아줘!
너의 그 말, 나에게는 정말 멋지고
힘이 솟는 응원가라는 걸.

반짝반짝 빛나는 별 같은 내 친구야
나도 너에게 언제든 힘이 되고 싶어

네 옆 가까운 곳에서 늘 함께하고 싶어.

5점의 오점4)   000

이번 1차 고사에서 5점
인생에서 처음인 5점
16년 인생 최악의 점수
16년 인생 최고의 오점

오지 마라 여름아   이지윤

에어컨을 틀어도 선풍기를 틀어도
시원한 걸 먹어도 너무나 더운 여름
해마다 찾아와서 잊지 않고 날 괴롭히네

여름아, 여름아, 이제 좀 가주겠니?

---

4) 오점(汚點): 명예롭지 못한 흠이나 결점

진로에 대한 고민 　전우령

요즘 나는 고민이 생겼다
나에게 잘 맞는 직업을 찾지 못하고 있다

어릴 때 꿈은 요리사였다
하지만 나에게 맞지 않아 포기했다

어느 날 축구선수라는 꿈을 갖게 되었다
하지만 자주 아프고 약한 나에게는 무리였다.

최근에 진로 상담도 받았다

하지만 아직까지 나에게 맞는 꿈을 찾지 못했다

구겨진 시험지　　이준서

시험을 쳤다
망한 시험지를 보면
그 날은 하루종일 기분이
안 좋다

이럴 거면 조금이라도
공부를 좀 해놓을 걸
뒤늦게 후회한다

시험이 없어졌으면 좋겠다

졸업   이서진

끝나지 않을 것 같던
길게만 느껴졌던
중학교 생활 3년이
벌써 끝을 보인다.

새로운 곳에서
나는 잘 해낼 수 있을까?

걱정과 기대가 교차하는 밤

나에게 너무 어려운 시 000

나에게 시는 너무 어렵다
내가 국어를 못해서 그런 걸까
이리저리 생각을 해 봐도
잘 모르겠다
나는 시 쓰는 게 너무 싫다
시를 써야 한다는 소리를 들으면 숨이 턱 막힌다
시라는 건 나에게 너무 어렵다

상상의 날개 이가은

어릴 적 어느 여름날의 꿈

해무리 진 파란 하늘 위 새하얗게 피어오른 구름
사이로 날아가는 꿈
날개 단 상상을 펼쳐

상상의 날개는 나를 구름 사이로 날아가게 해
상상의 날개는 파란하늘 저 편에 나를 닿게 해

상상의 여운을 입 한가득 베어 물며 미소를 지어

하늘 한 병에 구름 한 조각, 상상 한 스푼
소중히 담아 다시 집으로 향하던
어릴 적 어느 여름날의 꿈

역사와 수학의 반비례   손혁규

1학기 1차 고사 성적이 나왔다.
역사는 96점, 수학은 9점.
둘 다 9가 들어가긴 한다.
뭐가 문제였을까?
수학 공부를 덜 하긴 했지만
이건 상상도 못했다.
이때까지 성적을 보면
역사와 수학은 늘 반비례다.
역사가 오르면 수학이 낮아지고
역사가 낮아지면 수학이 오른다.
신은 나에게
역사와 수학의 반비례라는
풀기 어려운 숙제를 주셨다.

첫사랑   남우진

상상이 된다. 두근두근
그 애를 떠올릴 때마다
멈출 생각 없이 계속 뛴다.
쿵 쿵 쿵
쉴 새 없이 계속 뛴다.

아! 내 눈과 내 머리만이 아니라,
내 마음도 이미
그 애를 좋아하고 있구나.

그때로   김소연

돌아가고 싶다. 그때로
동네 똥개가 무서워 피해 다니던 그때로
천둥 번개가 무서웠던 이불 속을 파고들던 그때로
할머니의 잔소리가 무서웠던 그때로
고민 하나 없던 그때로
마냥 해맑게 웃던 그때로
돌아가고 싶다.

우리 반에는   김준서

김남경, 이준서, 이가은이 있다.
큐브, 지오메트리 대시 장인이 있다.

기타가 3대 있다.

장범준이 3명 있다.

비 내리는 시험지   김수영

종이 쳤다
반이 조용하다

내 손에 비 내리는 시험지가 있다
이번에도 망했다

하지만 포기하지 않는다
힘들어도 포기하지 않는다

비록 이번 시험은 망쳤지만
포기하지 않는다

노력하고 노력하고 또 노력하면
다시는 비가 내리지 않을 것이다

도화지 김남경

하루라는 도화지를 여러 색으로 채우다가
검은 물감을 그만 엎어버린 것만 같은
그런 기분이 드는 날이 있다.

오늘 분명 하루종일 괜찮았는데
친해지고 싶었던 친구랑도 친해지고,
걱정하던 시험 성적도 생각보다 잘 나오고,
모든 일이 잘만 이루어지고 있었는데…….
그런 기분이 드는 날이 있다.

검은 물감은 왜 그 자리에 있었을까?
검은 물감은 왜 엎어졌을까?
물감을 엎은 나에게 모든 잘못이 있는 걸까?
그런 의심이 드는 날이 있다.

하지만 모든 날에는
검은 물감이 조금씩 묻어 있다.
그 색은 단순한 검은 색이 아니다.
여러 다채로운 색이 섞여 만들어진 그 색은
나름의 가치를 가진다.

반대로 온통 까만 도화지에도 모퉁이에
또 다른 색이 조금씩 보인다.
하루종일 눈앞이 깜깜하던 하루도
나름의 가치를 가진다.

완벽하게 밝은색만으로 칠해진 날은 없다.
그리고 완벽하게 검은색만으로 칠해진 날도 없다.

여러 색이 덕지덕지 칠해진 당신의 스케치북은
나중에 누군가가 펼쳐 보았을 때
단색만으로 이루어진 스케치북보다
아름다운 작품이 되어 있을 것이다.

처음 만난 날 김수빈

햇빛이 쨍쨍한
어느 여름이었다

나는 너의 첫 만남엔
설렘이 가득했다.

너는 아주 조그맣고
말할 수 없이 귀여웠다

그렇게
너와의 이야기가 시작되었다

엄마는 김가은

엄마는 일을 하고 와도 일이 많다

엄마는 힘들어졌다
엄마는 참을 수가 없어졌다

아주 큰 소리와 함께 침묵이 찾아왔다
엄마는 그저 작은 도움이 필요했다
아주 자그마한 손길이라도 괜찮았다

그 마음이 모이고 모여
다시 엄마를 일으키는 힘이 된다
엄마가 그랬던 것처럼
우리가 엄마를 생각하고 생각해서
엄마를 일으킬 힘을 만들어내야 한다.

그런 마음이 있다면
그 마음이 손과 발로 움직인다면
엄마는 이제 힘들지 않다

가끔   000

가끔 혼자 있고 싶다
아무에게도 간섭받지 않고 싶다
외부의 환경과 철저히 단절되고 싶다
블랙홀 사건의 지평선 속에서 혼자이고 싶다
우주를 한없이 떠다니고 싶다
항성계의 항성이 되고 싶다
나뭇잎 속 작은 엽록체가 되고 싶다

특별한 존재　강희주

음악은 나에게 특별하다

내 마음에 상처가 났을 땐
그 마음을 치료해주고

기분 좋은 일이 있을 땐
진심으로 축하해주고

내 마음에 불이 났을 땐
내 마음의 불을 꺼준다.

항상 내 마음을 밝혀주는 그런 존재.

그 날[5]   000

머리가 어지럽다
주위가 소란스럽다
시끄럽다

계속 들린다
짜증난다
조용해져야 한다

귀를 찢는 날카로운 소리가 들린다

갑자기
조용해졌다 편안하다
그런데 그런데

불안해 이상해
무엇이지? 무엇일까?

점점 정신이 든다
시야가 뚜렷해진다

---

5) 영구미제사건으로 남은 '개구리 소년 사건'을 모티프로 쓴 시

아이 5명이 산속에 누워있다
자는 듯 고요하다

이상하다
돌아가야 한다
얘들아, 돌아가자

뉴스에서 아무리 떠들어도
아무도 몰랐다
아이들이 누운 곳을

또 뉴스에 나온다
이번에도 모른다
사건의 진실을

언제쯤
아이들의 영혼이
돌아올 수 있을까.

여름이 주는 선물　강송하

해가 쨍쨍
매미가 맴맴
모기가 앵앵

꽃송이가 피기 시작한 지
얼마 되지도 않은 듯한데
벌써 싱그럽고 깨끗한 여름이 왔다.

사람들은 여름을 덥다며 미워하지.
여름만큼 아름답고 청량한 계절도 없을 텐데 말야.

여름이니까 드넓은 자연을 거닐고 싶다.
파릇한 바람이 때맞춰 불어오겠지?

여름이니까 계곡도 가서 첨벙첨벙 물장구도 치고 싶다
송사리가 내 곁으로 와 놀아주겠지?

여름은 우리에게 참 많은 선물을 주네

여름철 과일, 여름 특유의 푸른 향기,
상쾌한 여름밤의 공기, 눈이 부실 정도로 쨍한 햇살

그리고 우리가 가장 좋아하고 기다려 하는
유월의 마지막을 장식하는 여름의
선물이 있지.

바로 기말고사.

그 후엔 더 더 더!! 우리가 아껴 하고
사랑하는 여름의 마지막 선물

바로 여름방학

길을 잃었을 때 강진주

내 머릿속에선

바람이 출렁출렁 불고
바다는 솔솔 온다
아침에는 달이 뜨고
저녁에는 해가 뜨며
햇빛은 주룩주룩 내리고
비는 쨍쨍 온다

나는 끝 없고 복잡한 미로에서
길을 잃었다.

밤 강정우

시간 가는 줄 모르고 친구들과 게임을 하다 보면
고요한 밤이 찾아온다
시계는 1시와 2시 사이를 가리킨다
모두가 잠든 시간
창밖을 보면 불 꺼진 건물과 고요한 길거리
그리고 깜박이는 점멸등

아무것도 없는 것 같지만
자세히 들여다보면
불 꺼진 건물들 사이에서 새어 나오는 미세한 빛
길거리를 걷는 고등학생들, 사람들
깜박이는 점멸등을 지나치는 배송 차량
이것들은 고요한 밤을 지킨다.
아무것도 보이지 않는 깜깜한 밤 속을

자세히 들여다보면 보이는 것들

별   김동우

당신은 까마득한 별의 후손입니다.

언젠가 당신이 다시 한번
별로 되돌아가
무한한 공간으로
끝없이 빛을 내뿜을 날을 기다립니다.

별로 되돌아갈 당신,
성운이 되기를 바랍니다.

내 마음을 간질이는 것들 노규연

봄은
벚꽃이 흩날리던 날의 노래
여름은
비 오고 난 뒤의 풀 냄새
가을은
구름 없이 화창한 하늘의 바람
겨울은
어둠이 깔린 새벽의 찬 냄새

계절마다 내 마음을
간질이는 것들이 있어

자연스레 미소를 짓게
하는 것들
이불속의 편안함을 느끼게
하는 것들

사라지지 않지만
사라질까 두려운 것들

처음으로　강다희

영상을 보다가 잘생긴 사람을 찾았다
애들한테 물어보니 TXT였다

처음으로 사랑이란걸 느꼈다
처음으로 한 사람을 좋아해봤다

팬이 된지 3일 만에 10만원을 사용했다
처음으로 후회되지 않는 선택을 했다

내 SNS 처음으로 올려본 아이돌이다
처음으로 스토리를 많이 올린날이였다
상장을 받은듯한 뿌듯함....

지금 난 처음으로 200일동안
누군가를 좋아하고 있다

행복한 생일 강서연

12시가 되려면
10분이 남았지만
난 집에 들어가지 않았다
오늘은
9월 1일, 내 생일이지만
난 집에 가기 싫었다

최악의 생일을 마주하겠지만
난 슬프지 않다
왜냐, 난 최강이니깐

거짓말
사실 난 슬프다

집에 들어가면
가족은 미역국이 아니라
기분 나쁜 눈치로 날 마주한다

휴대폰을 보면, 친구들에게
축하의 알림이 올거라 생각하지만
오지 않는다

그래도 난 즐기기로 했다
오늘은
내 생일이니깐

"서연아 생일 축하해"

머릿속 미로 김명현

하루에 너무 많은 감정을 소비하니
그런 감정이 든 이유는 까먹어버리고
여러 가지 기분들만 남아
내 머릿속을 혼란스럽게 한다.

마 좋노
마 힘드노
마 기대되노
마 피곤하노
마 억울하노
마 씁쓸하노
마 재밌노
마 지치노

마 모르겠노

때 탄 오리 김민서

하얗고 어여쁜 오리들 사이
혼자 외로운 표정의
때 탄 오리 한 마리

다들 열심히 제 갈 길 가는데
혼자 방황하는
때 탄 오리 한 마리

넘어져도 도와주는 오리 없이
혼자 쓸쓸히 일어나는
때 탄 오리 한 마리

어릴 때 엄마가 들려주었던
그때 그 동화책처럼
나도 새하얀 백조일까
기대를 품으며
힘내서 발걸음을 옮겨봅니다.

플라스틱 김서진

나는 가치 없는 플라스틱이다
가만히 놔두면
아무것도 하지 않는다
움직이지도 않는다
그저 누군가가 나를
가공해주길
기다릴 뿐이다
나는 어떻게든 변할 수 있다
부드러워지거나
부서지거나
날카로워지거나
정교해지거나
멋있어지거나
나를 던져 부순 사람에겐
날카로운 파편이 되어 돌아가고
나를 정성스럽게 다듬어준 사람에겐
아름다운 조각상이 되어
기쁨과 보람을 안겨주고
나를 그냥 방치해둔 사람들에겐
여전히 가치없는 플라스틱 조각이다
나는 누군가에게 발견되어야만
나의 가치가 생기고
감정이 생기는 인간 플라스틱이다.

꽃다운 나이, 16 김서희

16살
꽃다운 나이

내년이면
어엿한 고등학생

고등학교에 가면
공부만 해야겠지

지옥 바로 전 단계
16살
꽃다운 나이

곧 힘들 것을
알기에

지금 많이
놀고 싶다.

예쁘게 핀
봄의 핑크빛 꽃 같은 나이

이 꽃같은 나이를
마음껏
즐기고 싶다.

나는 울고 있다   김송현

어두운 밤 하늘 아래
네가 울고 있다

홀로 외로이
너는 울고 있다

뭐가 그리도 슬픈지
너는 울고 있다

저 멀리 달을 바라보며
너는 울고 있다

어둠 아래 숨죽여
너는 울고 있다

오늘도 너는
울고 있다

MAY____be   김수민

작년 이맘때 내 눈이 널 처음 보았을 때
시간이 멈춘 것만 같았다
따스하게 비추던 햇빛도
시원하게 불던 바람도
시끄럽게 떠들던 친구들의 웃음소리도
아무것도 느껴지지 않았었다.

그때의 난 매일 밤 네 생각이 나
잡생각 따위에 잠겨 잠 못 이루곤 했었다
우리의 시간은 끝난 지 오래지만
난 가끔 네 생각을 한다
봄빛처럼 따스했던 너를
5월 초여름에 내 봄을 시작하게 해준 너를
너도 가끔 내 생각을 하는가?
너에게 난 어떤 존재였는가?

아마도,
아마도,
너에게 난
스쳐 지나간 봄바람인가?
잘 말려 간직해둔 꽃잎인가?

혹시 그거 알아?   000

혹시 그거 알아?
내 눈에는 너 밖에 안 보이는거.

혹시 그거 알아?
너랑 말할 때 내 마음은 떨리는거.

혹시 그거 알아?
널 좋아한다고 말하고 싶어도 말 못하는거.

그래서 말야
.
.
.
용기 내서 말해볼려고.

너 좋아해.

바람처럼 김영인

바람이 분다.
바람이 날 스쳐 지나 간다

그녀처럼 빠르게 스쳐 지 나 갔 다
하지만 바람은 앞으로만 갈 뿐
여유있게 다시 돌아오지 않는다

한 번 지나면 돌아오지 않는 바람처럼
다시는 돌아오지 않는다

그녀도 다시 돌아오지 않는다
다시는 돌아올 수 없다

짝사랑, 그리고 첫사랑　김우빈

그를 좋아하게 되는 건
가랑비에 옷이 젖듯 스며들었고,
그로 인해 슬퍼지는 건
자유낙하운동처럼 빨랐다.

마음이 살랑살랑해지는 첫사랑
바라보면 더워지는 첫사랑
내 것을 주고싶은 첫사랑
하지만 시간이 흐를수록
쓴 초콜릿 같은 첫사랑
나만 아픈 첫사랑

그를 좋아하는 것이
살랑살랑한 봄바람 같은 사랑이었으면 좋았을 텐
데
쳐다만 봐도 더워지는 여름햇살 같은 사랑이었으
면 좋았을 텐데
나의 것을 주는 가을 열매 같은 사랑이었어도 좋
았을 텐데
너무나 쓴, 나만 아픈 사랑이라 슬프다.

내가 그를 쳐다보았을 때,
곧, 그를 보는 내얼굴이
다른 아이를 보는 그의 얼굴에서도 보였다

미니 주머니   김현하

부자처럼 많은 돈이 있는 것도 아닌
나는 평범한 학생이다.

공부하랴 덕질하랴
같이 하는 건 힘들지만
내 유일한 희망이다

시험 기간에 몰래 영상도 찾아보고
사진도 찾아보고
폰만 만지작 만지작

시험 점수도 포기 못하고
더보이즈는 포기 못하는
학생이라는 게 원망스럽다.

돈이 없는 나는
오늘도 영상만 찾아본다.

친구의 짝사랑   노지언

"니"
라고 불렀을 때
나의 마음은 설렜다.

비록 욕을 해도
너의 목소리는
한 줄기 빛이 되었다.

사라졌지만 사라지지 않는
너의 목소리

라고
네가 그 아이 이야기를 할 때면
달고나를 핥은 듯
달콤해지는 너의 표정

행복해하는 너의 표정을 보는
나의 표정
또한 행복이다.

만남은　박민관

만남은 나를 다듬는다.
만남을 나를 나아지게한다.
만남은 그래서 소중하다,

만남은 신기하다.

바람처럼 다가와서
나를 다듬어주고
바람처럼 사라져서
나를 멈추게 한다.
바람같은 만남
나는 다시 바람을
기다린다.

나의   박승혜

너가 있었다.
형태를 가지는 모든 것에,
말라 비틀어져버린 곳에도.
꽁꽁 얼어붙어버린 곳에도.

너가 있었다.
빛이 비추는 곳을
뒷받침해주듯이
한걸음 뒤에

너가 있었다.
아무도 널 바라봐주지
않은 날임에도

넌 항상 내 곁에 있었다.
내가 널 인지하지 못한 날에도.
널 거부하며 부정하는 날에도
넌 날 떠나지 않았다.

내가 널 떠났다는 걸 알았으면서도.
다시 돌아올 것을 예상이라도 한 듯
넌 날 기다려주었다.

나의 보폭에 맞춰,
넌 항상 그렇게 날 반겨주었다.

너와 보낸 일 년 방수진

너무 더웠고 습했지만
어느 때보다 신난
너를 처음 만난 여름

날씨가 나아지고
단풍이 이뻤던
너와 함께한 가을.

일기예보가 틀렸는지
작년보다 따뜻하고 행복했던
너와 함께한 겨울.

따뜻했지만
날린 꽃가루 덕에
자주 다툰
너와 함께한 봄

너와 보낸 일 년
너와 평생 함께할 매년.

새콤달콤 짝사랑 부민투

사랑은 더 아픈데
짝사랑은 더 아프다.

그는 찬란한 햇빛처럼
나는 작은 쥐처럼
한 명은 빛나는 곳에서
한 명은 어두운 곳에서

그의 모든 행동
웃을 때, 울 때, 행복할 때
모든 모습이 아름답다.
그를 볼 때
사탕을 선물 받은 아이마냥
기분이 좋다.
짝사랑은 달콤하다.

말하고 싶은
그 말을
못해서
답답하다.
이야기하고 싶은걸
나는

못해서
슬프다.
짝사랑은 새콤하다.

나의 짝사랑은
구름 위를 걷는 것처럼
신기했다가
심해에 빠진 것처럼

짝사랑이란
이어폰 스피커를 제일 높였는데
다른 사람은 모르고
나만이
그 안이 얼마나 시끄러운지
아는 것이다.
짝사랑은 새콤달콤하다.

소확행 신채원

소소하지만 확실한 행복
소확행

앨범깡하기
바인더 사기
포카 사기
덕질에 미친
저번 달의 소확행

마라탕 먹기
버블티 먹기
떡볶이 먹기
먹는 거에 미친
저번 주의 소확행

화장품 사기
쇼핑하기
다꾸 용품 사기
탕진에 미친
어제의 소확행

영통하기
방꾸미기
고기먹기
다양했던
오늘의 소확행
·
·
·
…한 내일의 소확행

세상에서 가장 소중한 친구   안수진

이 친구는 태어날 때부터 함께였다.
그리고 지금도 언제나 함께다.

나와 잘 맞지 않아 항상 싸운다.
내가 선택할새 없이 함께여서 더욱 밉다.
미워서 미운짓만 한다.
그래도 나에게 무슨 일이 생길 때면
제일 먼저 달려오는 친구이기에 너무 미안하다.

이렇게 미운짓만 하는데 항상 곁에 있다.
이 친구가 나에겐 그 무엇보다도 소중하다.
이 친구가 없는 세상은 상상도 하기 싫을 만큼.

이렇게 소중한 친구는 단 두명이다.
부모님. 이름만 불러도 눈물나는 사람.

부모님이 있기에 살아갈 정도로 너무 소중하다.
보고있어도 보고싶을 정도로 너무 소중하다.
세상에서 가장 소중한 내 친구. 엄마, 아빠.

혼난 날 윤별

학교 안가고
옷 사달라 해서
엄마한테 혼났다
욕도 먹었다

비 오는 날 웅덩이 물
화가 나고 억울해서 집을 부술 거 같았다.
사람이 극도로 화가 나면
눈물이 나는 게 맞는 말인 거 같다.

낮잠을 자고 일어나니
이게 웬일,
50,000원을 받았다.

하, 참
기분이 들쑥날쑥한 하루였다.

빛을 의미 윤창근

버스를 타고 자리를 앉을 때
자리가 없어 서서 갈 수밖에 없었다.

나는 다리가 아팠지만.
그래도 꾹 참고 서서 갔다.

함부로 창밖을 볼 수 없었다.

부러진 부메랑 정지영

인생은 부러진 부메랑과 같다.
절대로 내가 던진 것이 돌아오지 않는다.
정반대인 것이 결국 나에게로 돌아온다.

나 자신보다도 소중했던 너이기에
엄청난 사랑과 열정을 너에게로 던졌다.
하지만 나에게는 고스란히 상처로 돌아왔다.

짱친 정해

갑작스럽게 친해진 내 짱친
갑작스럽게 짱친이 되어버린 내 짱친
맨날 이상한 짓만 하는 내 짱친
미울 때도 있지만 좋을 때가 더 많은 내 짱친

나는 네가 내 짱친이 된 걸 후회하지 않는다.
나는 네가 내 짱친이 된 이후로
행복하지 않은 적이 없었다.
우리 평생 짱친하자!

더 없다 조유빈

과자가 더 없다
음료수가 더 없다
연휴가 더 없다
여름이 더 없다
용돈이 더 없다.
아쉽다
하지만 제일 못 참겠는 건

당신이 더 없다
숨막힌다.

졸업사진 잘 찍는 방법　000

졸업사진, 어떻게 해야 잘 나올까
나도 많이 고민해봤다
잘 나오는 방법에 대해서.

피부화장은 진하지 않고 연하게
아이라이너는 짧게
애굣살도 그리기

머리카락과 옷은 단정하게
머리 정리하고 찍기

졸업사진에 걱정이 많은 사람들을 위해
나처럼 걱정 많은 사람들을 위해서

그래도 난 전날 밤 자신 없어 잠을 설치겠지.

14번 허예성

쪼르륵 쪼르륵
너는 한여름의 시냇물.
더위에 지친 날 식혀줘.

쨍-쨍-
너는 가을날의 햇볕.
너와 함께하면 따스해.

번쩍번쩍
너는 망망대해에 나타난 등대.
길 잃은 날 이끌어.
갑옷 같은 친구

노
지
언

친구의 시간　황우석

친구가 놀자고 했다.
내가 친구에게 뭐하고 놀거냐고 물었다.
친구가 보드게임을 하자고 했다.
친구가 먼저 한다고 했다.
친구가 내 차례라고 말했다.
친구는 …
친구는… 게임에 졌다.
내가 이겼다.
친구가 졌다고 인정했다.
친구가 다음에 또 하자고 했다.
친구에게 맛있는 것도 줬다.

너에게 우주를 보낸다　정수현

우주를 보낸다. 너에게
뜨겁고 붉은 우주를 보낸다.

우주를 받았다. 너로부터
차디찬 캄캄한 우주를 받았다.

외로운 우주를 받았다.

나는 쓸쓸한 우주에서 살아간다.

나는 너 없는 우주에서 살아간다.

나는 우주 없이 살아간다.

지나간 인연⁶⁾   구건회

어느 날 갑자기
나에게 다가왔다.

나의 절반을
가지러 왔단다.

언제 갈 건지는
자기도 모른단다.

그럼 안 가는 거냐 물어보니
그건 또 아니란다.

그래도 새 인연이니
기분 좋게 맞아야지.

그러다 자기가
떠날 때면

자기가 있던 자리만은
밝을 거란다.

---

6) 코로나19 예방을 위해 착용하게 된 마스크와의 인연을 표현함

인생 김범성

나의 인생은 매일 같은
하루로 시작된다.

끝이 언제일지 아무도
모르는 각자의 '나의 인생'

나는 나의 미래를 꿈꾸며
하루를 산다.

나는 꿈, 희망, 사랑, 우정이
인생에서 소중한 단어라고 생각한다.
돈도 매우 중요하다고 생각한다.

인생을 열심히 살아가는 사람에게는
분명 대가가 있을 것이다.

오늘을 살아가는 모두에게 똑같이.

우리 함께 인생을 열심히 살자.

나는 못하는 것 김은지

기말고사 한 달 전, 공부 시작
스카(스터디카페) 50시간을 끊었다.

기말고사 2주 전, 공부 안함
2주나 남았는데 쉬엄쉬엄해.

기말고사 일주일 전, 정신 못차림
오늘은 과학, 내일은 국어

기말고사 3일 전, 실감이 안 나
슬슬 풍겨오는 평균 50점의 향

기말고사 하루 전, 몬스터드링크7)
불안한 마음 아무 데나 기도해 본다.

기말고사 끝……. 말했다.
벼락치기는 도경이8)만 할 수 있는 것

---

7) 몬스터드링크: 청소년들이 많이 마시는 에너지 드링크
8) 도경이: 친구의 허락을 받고 실명을 그대로 적음

힘든 등굣길 나장욱

학교 가는 길
힘들다
오지 않는 버스를 기다리는 일도
더위 속 오르막길 걷는 일도
너무 힘들다

학교에 도착해도 힘들다

정반대 김주연

항상 바쁜 너
시간 많은 나

일찍 자는 나
늦게 자는 너

감성적인 너
이성적인 나

절친한 우리는 정반대

누군가를 좋아하는 일   김지윤

누군가를 좋아하는 것은 어려운 일이다.
잘 풀릴 때도 있고, 잘 풀리지 않을 때도
있다.
마치 수학 문제를 푸는 것 같다.

누군가를 좋아하는 것은 재밌는 일이다.
잘 되면 신이 나고, 안 되면 괴로운 일이
된다.
마치 체육 수행평가 같다.

누군가를 좋아하는 일은
내 맘대로 안돼서 어렵고
또 어려운 일이다.

그때 그 아이 박보원

기억나는 아이가 있습니다.
축구공을 좋아하던 아이
뼈 있는 고기를 좋아하던 아이
나를 좋아해 주었던 아이

미안한 아이가 있습니다.
처음이어서
귀찮아서
어리숙해서

많은 걸 알려준 아이
조건 없는 사랑
그리고
이별의 아픔

항상 후회합니다.
처음이어서 못 해준 것
귀찮아서 안 해준 것
어리숙했기 때문에 몰랐던 것

다시 만날 수 없지만
항상 기억나는 아이
나의 첫 반려동물

그때 그 아이

운동 생각 조성빈

내가 정한 루틴에 따라
최대한 바른 자세로
최선을 다해
힘들어도 조금 더

힘이 든다면 더욱 힘을 내도록
흐트러진다면 다시 바르게

그렇게 끝나면 드는 생각
아, 즐겁다.

투덜이 손민서

아프다고 투덜투덜 힘들어도 투덜투덜
배고파도 투덜투덜 잠이 와도 투덜투덜
짜증나도 투덜투덜 걸을 때도 투덜투덜

너 언제 그만 할래?

나의 하루 신인영

자기 전 집안 불을 다 끄지만,
스탠드 불 하나는 켜.
그리고 누워서 하루종일 방 한 구석,
같은 자리에 있는 인형에게
속닥속닥 나의 하루를 말해.

"있잖아. 오늘 재채기를 하다가 목에
담이 왔고, 어떤 사람을 생각하며 내
표정은 씨익 웃는 스마일이 되었고 양
손 가득 짐을 드신 할머니께 버스자리
를 양보했다?"

"그리고
친구들이랑 제로 게임을 하면서 배를
잡고 깔깔 웃었고, 또 어떤 사람의 모
습을 바라보면서 행복한 명을 때렸다?
히히"

인형에게 들려주는 오늘의 내 하루
항상 나지막이 덧붙이는 마지막 말은

"오늘은 행복했어.
그런데 조금 힘든 날이기도 했어."

계절감별사   안정윤

사계절의 냄새는 다 다르다. 킁킁
따스한 공기 내음과 부드러운 꽃잎들
봄이구나.

킁킁.
열대야의 습한 기운과 시끄러운 매미떼
짜증 나는 여름이다.

킁킁.
선선한 바람 냄새와 알록달록 낙엽들
내가 가장 좋아하는, 가을이다.

킁킁.
무섭게 부는 칼바람 속 달콤한 붕어빵
냄새
아, 벌써 겨울 속에 있다.

네가 좋다 이다연

네가 좋다.
바람 같은 네가 좋다.
축구를 할 때마다
살랑이는 네 머리카락마저 난 좋다.

넌 마치
달콤하고 푹신한 솜사탕 같다.
솜사탕처럼 보드라운 네 미소가 좋다.

때로는 너의
머리카락이 부럽단 우스운 생각을 한다.
너의 손길을 받을 수 있을 테니까.

너는 햇살 같다.
너무 눈부셔
제대로 마주 볼 수 없다.

나는
…… 너를 좋아한다.

쉼, 옥도경

끊임없이 달려왔다.
끝없이 이어지는 숲을 헤치고
반직선의 길을 이어 달려왔다.

걸려 넘어져도
굴러 다쳐도
산을 마주해도
달려왔다.

상처투성이 몸을 이끌고
지쳐가는 내 눈에 띈
작은 벤치 하나,

담백한 잉크 냄새
부드러운 종이의 느낌
요철이 만든 골짜기를 따라
나는 걸어간다.

쉼이란,
끝없는 숲길에 놓인 작은 벤치
잠시 쉬어가는 집
마침에서 길을 이은,

더위에 지치면
시원한 바람이 되어
추위에 떤다면
따뜻한 온기가 되어

인생을 살아가며
치이고 지칠 때
조용히 나에게 다가오는 것

바쁜 여행자여
잠시 짐을 풀고
쉬어가십시오,

향기 이현민

화장대 앞에서나
길가에서나
여기저기 풍겨오는 향기가
내 코를 찌른다.

너무 진해서 피하고 싶은 향
은은해서 계속 맡고만 싶은 향

하지만 가끔 슬픈 향기가 난다.
푸른 바다를 헤엄치는 고래의 향기 같은
깊은 산속에 날아든 작은 꽃의 향기 같
은

산맥을 넘어 국경을 넘어 날아든
수많은 향기 속 유독 짙은 이 향기는

자신이 있던 곳으로 돌아가고픈
고향을 그리는 사람들의 것이리라.

야, 나 할 말 있어.   이에스더

가끔은 불안해, 너무 행복해서
우리의 행복에 끝이 있을까 봐
근데 그래서 좋아해
더 많이 좋아해
널 더 많이 좋아해

우리가 항상 행복하고
좋을 거라 장담은 못 하겠어
그래도 약속할게

우리 앞에 어떤 아픔이 와도
네 손 놓치 않고
두 손 꼭 붙들고 노력할 거야
더 노력해서
더 단단한 행복을 찾을게

할 말 있어.
너도 알겠지만
너를 사랑해

에이드 한 모금 이희주

수면에 부서지는 따뜻한 햇빛
발가락을 간질이는 부드러운 바람
도시의 소음에 지친 내 귀에 와닿는
촐촐 찰방찰방 자연의 소리

얼음 띄운 달달 에이드 한 모금
젖은 풀들에서 풍겨오는 여름의 냄새까지
얹으니
세상 그 어떤 맛보다도
시원하고 푸른 여름의 맛

내 안에 잘 간직해
더운 날 잊지 않고
꺼내 마시고픈 맛

내 친구 임지연

마라탕을 늦게 먹는 내 친구
그래서 늘 마라탕이 분다.

웃음소리가 호쾌한 내 친구
으하하하하하 으하하하
집에서도 생각이 난다.

모든 일에 긍정적인 내 친구
괜찮아. 다 괘앤-찮아.

떠올리면 이상하고 웃긴 녀석
그래도 좋다. 마음이 따스해진다.

꽃잎 같은 너 정보람

바람이 소리도 없이 부는 날
너의 뒷모습은 꽃잎 같구나

다가가고 싶어도 다가갈 수 없는
꽃잎 같은 사람

만약 네가 저 바람에 흩날려
나에게로 날아든다면
두 손을 모아 너를 지켜줄 거야.

다시는 바람에 나부끼지 않도록

바뀌어버린 모습　주혜민

가만히 의자에 앉아 있다
문득 창밖을 보니,

세상이 꽃향기로 변해있다.
세상이 빛으로 변해있다.
세상이 풍요로움으로 변해있다.
세상이 부드럽게 변해있다.

시간이 지나
세상이 바뀐 모습들
경이롭다, 아름답다

여유를 갖고 나를 보면
언제가 나도 무엇으로 바뀌어 있지 않을
까?

그때 나의 모습은
낯설어도 아름답기를.
새로워도 다정하기를.

환상의 주말 　차민경

주말이 너무 좋다
느긋하게 일어나
암막 커튼 덕분에 몇 시인지도 모른 채
마라탕을 시켜 먹고

마라탕 냄새가 밴
소파에 드러누운 채로
귀로는 침착맨을 듣고
눈으로는 휴대폰을 본다

아, 오늘도 완벽한 주말이었다.

아, 내일은 끔찍한 월요일이지.

그리고 봄 최윤하

봄, 너와 처음 만난 날
넌 벚꽃 날리는 나무 아래서
웃으며 인사했지. 안녕이라고

행복은 잠깐이었고
헤어짐은 오래 남아

꽃이 지고, 여름이 가고
낙엽이 불고 눈이 내려
그리고 다시 봄,
너와 만난 그 계절

완벽한 답안지   최해솔

인생이 완벽하지 않은 것처럼
답안지도 마찬가지다.
우리가 좋은 결과 앞에서도 완벽을 감히
말하지 않는 것처럼
남이 부러워할 만한 점수라고 해서
주인이 만족하는 것은 아니다.
삶에 완벽함을 좇을 수 없다면,
그 속에 놓인 작은 행복들을 찾자.

집집집   허민

나는 지금 학교에 있다.
자리에 앉아
계속 도는 시계만 본다.

언제 마칠까? 언제 집에 갈까?
언제 끝날까? 학교는 언제 끝날까?
나는 매일 이러고 앉아 있다.

크롱이 　하다율

내가 오면 반갑다고 난리
배고프면 밥 달라고 난리
심심하면 산책 가자 난리 난리

그래도 난 네가 좋다
솔직히 말하면, 귀여워 죽겠다

죽지 말고 아프지 말고
우리 서로의 곁에서 오래오래 살자

나랑 같이 오래오래 살자.

잿빛 하루 한은석

영어 학원에 왔는데
독해 숙제를 깜박했다.

단어 시험을 쳤는데
애써 외운 단어들이 날아갔다.

문제집을 펼쳤는데
적은 답이 다 틀렸다.

문법책을 꺼내라는데
문법책이 없다.

맞으니까 아팠다.
마음에도 펑크가 났다.

친구들이 있으니까
죽을 만큼 창피했다.

불량 학생으로 보일까 봐
가슴도 덜컥 겁을 냈다.

다시는 이런 일이 일어나지 않기를

유리의 벽　　허찬

여기 유리 벽이 있다.
망치로 때려도 끄떡없고
공을 힘껏 던져도 끄떡없다.
그런 벽이 있다.

성적표가 있다.
있는 힘껏 노력해도 닿을 수 없고
조금은 기대해도 다가가지 못하는
그런 성적표가 있다.

아무것도 없는 것 같아도
그냥 지나갈 수 있을 것만 같아도
넘을 수 없는 유리 벽.

이번에는 된 것 같아도
마침내 해낸 것 같아도 가질 수 없는 성
적표.

그런 벽과 성적표들 사이에서
우리가 살고 있다.

나의 음악은 홍서희

음악에 바다를 넣었다.
에메랄드빛 바다를
노을에 물들어 가는
잔잔한 칸타빌레

파도는 울고 있다.
태양은 사라졌다.
모래는 어둠이 되고
나는 듣고 있다.

음악에 밤하늘을 넣었다.
어둡지만 밝은 밤을
별 하나하나의 반짝임
영롱한 스타카토

세상은 고요하다
별들은 속삭인다
밤은 녹아든다

모든 것이 기립한다.

기억하고 싶다 황현지

얇은 겉옷 사이로 들어와
살에 부대끼던 산들바람을
기억하고 싶다.

두 볼에 와닿는
따뜻한 햇살을 기억하고 싶다.

비 온 뒤 상쾌한 흙내음을
기억하고 싶다.

귀에서 맴돌던 맑은 새소리를
기억하고 싶다.

내 옷에 드리운 나뭇잎의 그림자를
기억하고 싶다.

이날의 모든 순간과 느낌을
기억하고 싶다.
힘든 날, 꺼내볼 수 있도록.

불행하다고 느낄 때
나에게도 이런 행복으로 가득찬 날이
있었음을 내가 기억할 수 있도록.

나의 열넷, 열다섯, 열여섯을
함께해 준 너에게

2020.3-2022.12.